Story: **Kei Miyakozuki**

Art: **Shinsen Ifuji**

Aus dem Japanischen von Christina Rinnerthaler

1

DEMONS NIGHT PARADE

Inhalt

Kapitel 1
Schicksalsstraße

... entsteht ohne Ausnahme eine Hackordnung.

Überall, wo Menschen in einer Gemeinschaft leben...

... woraufhin ich ihr immer zu Hilfe komme.

Hinako wird von Minas Clique schikaniert...

Ich hab's mit Ach und Krach auf einen Rang über sie geschafft.

Hinako ist in unserer Klasse ganz unten.

... und werd von der unter mir mit Dankbarkeit überhäuft.

So mach ich die ranghohen Platzhühner nicht wütend...

Die beste Strategie fürs Leben ist, bloß nicht aufzufallen.

Danke für deine Hilfe.

So schlängle ich mich geschickt durch.

Ein kleines Opfer im Sinne meiner Sicherheitszone.

... als die meisten anderen Kinder lernen.

... musste das viel früher...

Ich...

Da muss ich mich eben gut um sie kümmern.

Sie ist mein Schutzschirm.

Ach wo! Wir sind doch Freundinnen!

Sorry, dass ich dich immer mit reinzieh, Takami.

Eine Ruine, in der es spukt?

Nach dem Unterricht

Anscheinend spukt's da in der Nacht.

Da steht eine verlassene Schule oder ein Krankenhaus oder so.

Ja, in den Bergen, bisschen außerhalb der Stadt.

Hinako, du bist die Auserwählte.

... dort eine Mutprobe machen.

Und **wir** werden heute Nacht...

Und...

Ich sollte sie aufmuntern, aber dabei unparteiisch bleiben.

Laufmädchen, Spielzeug, sie tut mir echt leid.

Uff, schon wieder.

Das schaff ich nie ...

W... Warte mal...

11

... Takami wird dich begleiten.
Hä?
Wieso muss ich mit?
Allein wär das für Hinako viel zu gefährlich!
Sag bloß, du lässt sie diesmal im Stich?
Mein Freund hat ein Auto, der soll uns hinfahren.
Du wirst dich doch nicht drücken, oder?

Irgendwo da vorne sollte diese Ruine sein.

Na dann, legen wir los!

Viel Glück. ♥

Macht zum Beweis ein paar Fotos von der Ruine.

Nehmt Takamis Handy als Taschenlampe.

He!

Dein Handy bleibt bei uns, Hinako.

Sorry, dass du mit drin-hängst.

Womit ...

... hab ich das verdient?

Ich wär auch mitgekom-men, wenn a nichts sa...

Mach dir keine Vorwürfe.

Das ist gelogen.

... nicht mitkommen, oder?

Eigentlich wolltest du...

... warum du wirklich so nett zu mir bist.

Hm?

Ich hab längst ge-checkt...

Ich bin dein Schutz-schild...
... vor Minas Schikane und Ausnutzung.
S...
So ein Quatsch!
Ich könnte dich nie...
Das würde mich auch nicht stören!
Sag mir die Wahr-heit...
... wenn wir wirklich Freundinnen sind!
D...

Mist,
Mist,
Mist!

Mist.

Wo steh ich in der Hackordnung, wenn ich meinen Schutzschirm verliere?

Hinako wird sich nicht mehr an mich wenden.

Nicht so wichtig. Wie geht's jetzt für mich weiter?

Hinako hat mich durchschaut.

Wann bloß?

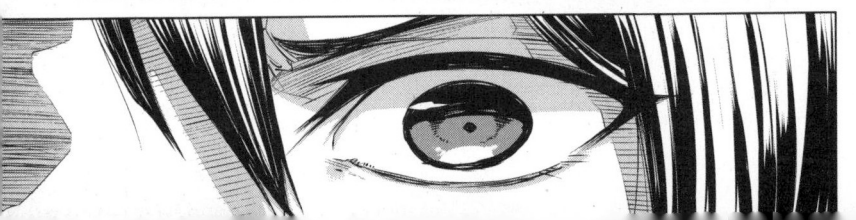

Hat
Mina...

... mich viel-
leicht auch
durchschaut?

... ganz
unten...

So
lande
ich
noch...

Hab ich
mich nicht
geschickt
genug
angestellt?

Ey, wie
unnötig...

Zutritt für Unbefugte verboten!
Unbefugten ist der Zutritt verboten!
Hiiiek!
Hiiiek!
ZACK
Bleib hier!
WRUMM
Fuck!
Alter, was zur Hölle...?!
Ich hab keinen Bock, hier draufzugehn!

Hah...

Hah...

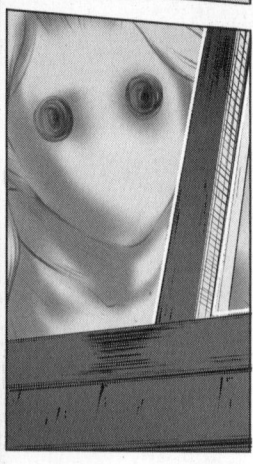

... wohin sollen wir...

Aber...

Wein doch nicht.

Wir kommen da sicher raus.

Buhu.

Uh.

Takami...

Okay?

Gemeinsam schaffen wir das schon.

BAMM

BAMM

BAMM

BAMM

TSCHAK

Aber...

Wir müssen nur geradeaus laufen!

Die Stadt!

Da kommen wir nicht unentdeckt durch.

Die Geister sind überall...

... den Lockvogel spielt...

Aber wenn eine von uns...

Du, Hinako...

Wenn sich eine von uns beiden opfert...

ド ン
WAMM

Hä?

Das muss...

... Karma sein.

Ich habe immer nur darauf geachtet...

... andere bloß nicht zu ver- ärgern...

... und wollte mich so durch's Leben mogeln.
Das ist die Strafe dafür.
Ich krieg keine Luft!
Es tut mir leid...

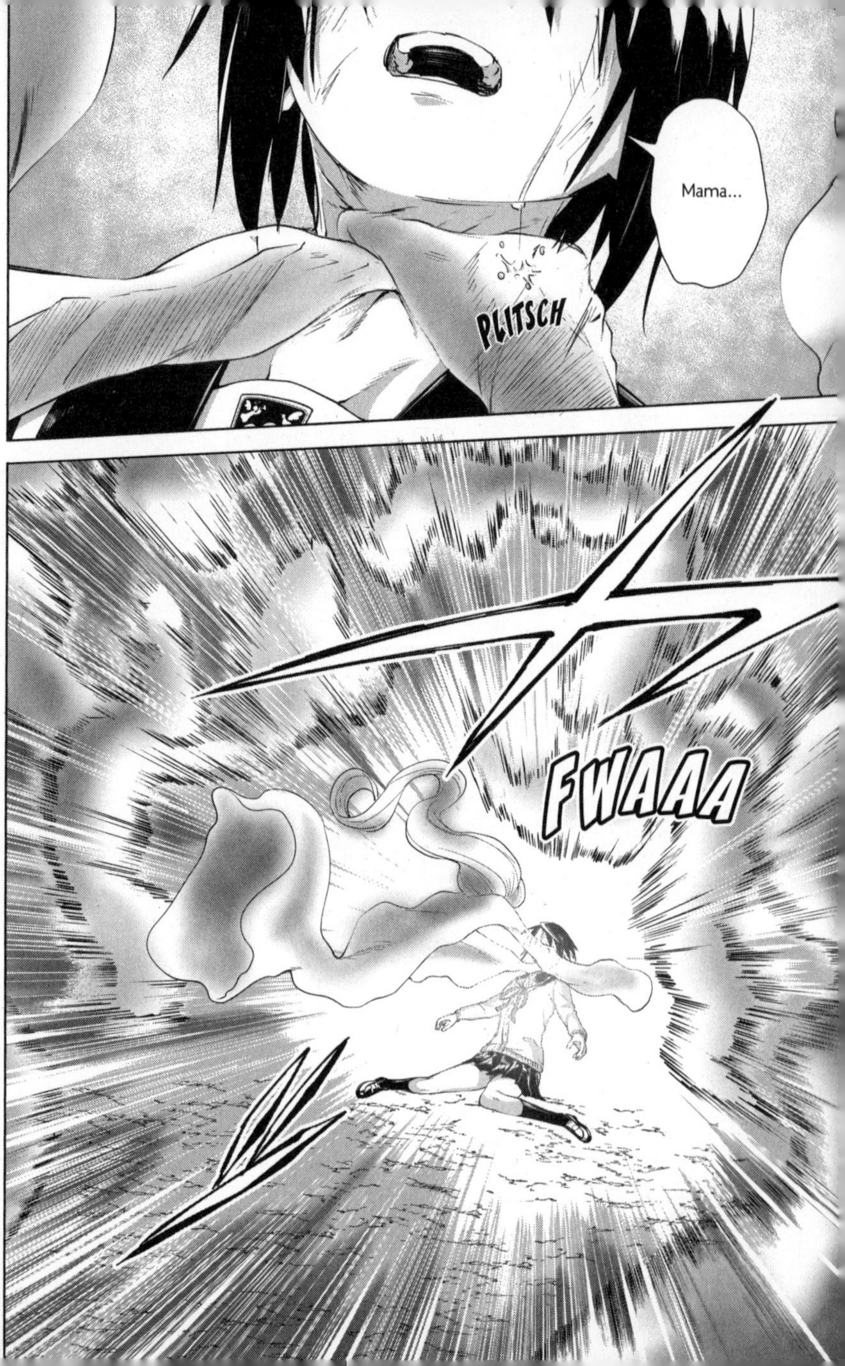
Mama…
PLITSCH
FWAAA

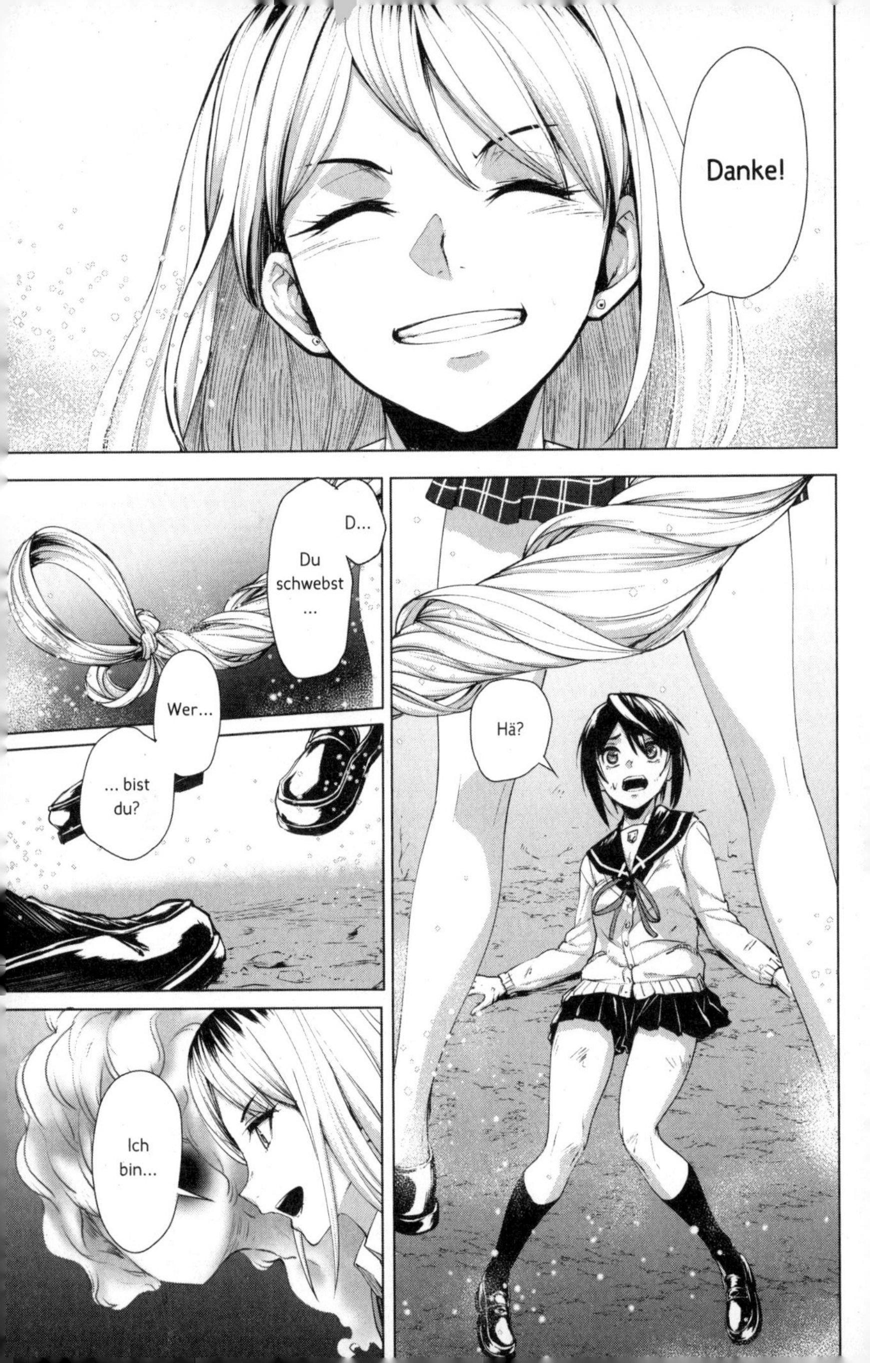
Danke!
D...
Du schwebst ...
Hä?
Wer...
... bist du?
Ich bin...

Einen
Moment.

Halt.
Stopp.

Woher
kam das Seil,
mit dem du die
Geister gefes-
selt hast?

Was
heißt da »Na
dann«?!

Wer
oder was
bist du?

Und
überhaupt!
Du schwebst
auch!

Artver-
wandte?

Ich glaub,
wir sind Art-
verwandte!

Ent-
kommst
uns
nicht...

Wo
steckst
du?

Was?!

Mist!

Da
kommen
wieder
welche!

Wir finden
dich

Bleib
bei
uns

uns
nicht

ZUPP
Hepp!
FJU
Ich hab keine Zeit für euch Plage-geister!
FWU
SCH
Ahaha!
FJU
Tüdelü! ♪
FJU

Hier sollten wir für eine Weile sicher sein.

Okay.

TAPP

Hah!

Hah ...

Hah!

Was zur...

Guwah!

SST

Was zur Hölle war das eben?!

... nicht einfach ...

Aber du kannst ...

Ist mir schon klar!

War schneller, als dich zu tragen.

Du warst kurz von mir besessen.

PATT

Ich wollte dir keine Angst machen.

S... Sorry.

A...Ach ja, wie geht es deinem Bein?

Ich tu's nie wieder ohne deine Erlaubnis.

Tut mir echt leid.

Du bist der Geist, der mich erwürgen wollte?!

Hä? Ja.

Hast du das erst jetzt geschnallt?

... der aus lauter wildfremden Leuten besteht.

Das ist keine Clique. Eher ein Haushalt...

Du warst doch auch Teil dieser Clique.

Sag...

Was sind diese Geister?

In diesem Geisterschwarm...

... enden Mädchen, die sich selbst getötet haben.

Die sich selbst...

So wie ich.

Sie sind wie Wanderfische.

Nacht für Nacht umschwärmen sie Orte, an denen es spukt.

Der Schwarm zieht sie an und dann stecken sie fest.

Alles Seelen, die noch an der Welt hängen, obwohl sie Suizid begangen haben.

Langsam kommt mein Kopf mit der Lage klar.

Da war ich, na ja, echt nicht bei Verstand!

Tut mir echt krass leid!

... mich auch in den Schwarm zerren.

Okay... Also wolltest du...

Ich war so verzweifelt, ich wollte einfach nur irgendwie erlöst werden.

Du wusstest halt keinen anderen Ausweg.

Dass ich dich besessen hab, tut mir auch echt le...

Schwamm drüber.

Außerdem hast du mir das Leben gerettet.

... aber eins hab ich gecheckt.

Also, es war eher verschwommen...

Wie du unter Schmerzen nach Luft geschnappt hast...

?!

Ich hab was gespürt, als ich deinen Hals berührt hab.

... das Knirschen der Knochen in deinem Hals...

... und ein absolutes Gefühl der Verzweiflung.

Nämlich, dass du den gleichen Schmerz kennst wie ich.

Das war's.

Hm. Na ja.

Leugnen kann ich's nicht.

... alle möglichen Gefühle aus meinem Leben auf mich ein.

In dem Moment strömten so ...

... Fwuu- usch...

Totengeister können sich nur in der Nacht frei bewegen.

Wir müssen nur durchhalten, bis es hell wird.

Das ist aber auch schon alles.

Wie Hunde einer Fährte.

Anhand dieser können sie dir folgen.

Sobald ihr einander gesehen habt, entsteht eine Art Verbindung.

... an die Nacht gebunden sind!

Dazu kommt, dass Totengeister nun mal...

Mit der Zeit wird der Geruch schwächer...

... und sie verlieren deine Fährte.

Bingo!

Wir haben dich.

Gefunden.

Gefunden.

Gefunden.

Hö?
Dir steht ins Gesicht geschrieben, dass du über deine Grenzen gegangen bist!
Na, bei dem, was ich dir zu verdanken hab, ist das wohl…
Wenn du dich dabei auflöst, hatte das doch keinen Sinn!
Oh doch.
Hatte es.
Ich bin dir wirklich dankbar.
Das hatte ich für immer verloren geglaubt.
Ist echt ein Wunder.
Dank unseres Treffens habe ich mein Selbst zurück.
Ich versteh's nicht.
Ich…
… hab dich nur benutzt, um meine eigene Haut zu retten.

Tun das nicht alle?
Ich hab mich aus dem gleichen Grund an dich geklammert, also sind wir quitt.
Du bist echt lieb, Takami.
Dann...
... benutz du jetzt mich, Itsuki.
Du willst dich doch nicht wieder selbst verlieren.
Dann halt dich nicht zurück.
Okay!
SWT
Takami...
... würdest du mich in dir aufnehmen?

TAPP

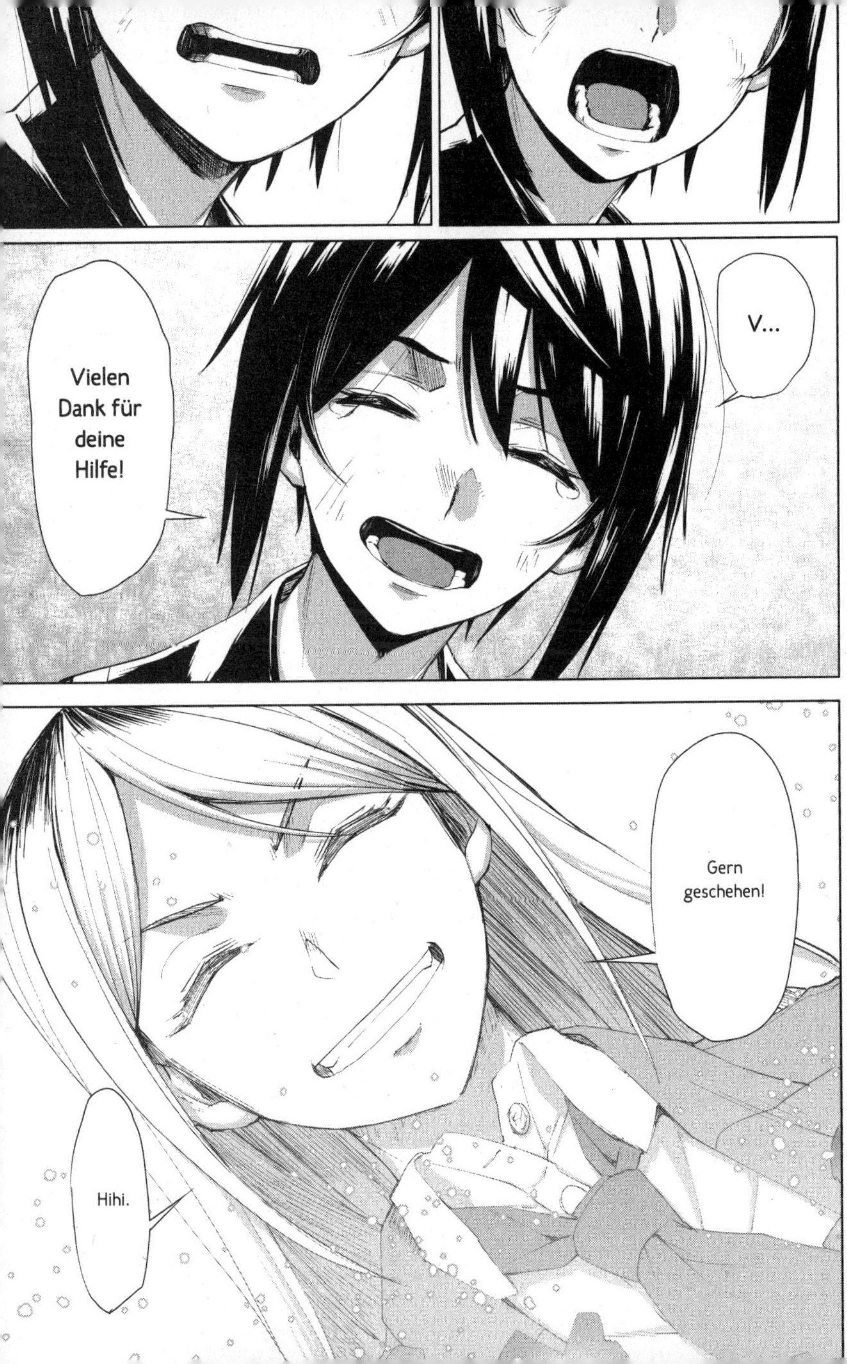
V...
Vielen Dank für deine Hilfe!
Gern geschehen!
Hihi.

An alles weitere erinnere ich mich nur bruchstückhaft.

»Ich muss schnell nach Hause.«

Das war der einzige Gedanke, den ich hatte.

... mein Kopf wie in Watte gepackt.

Ich war fix und fertig...

FLOMP

So geschah es...

... dass ein Geist sich an mich band.

Nicht dein Ernst...!

So strömen wir in Scharen...

... zur schillernden nächtlichen Parade...

... in der Furcht und Wehmut...

DEMONS
NIGHT
PARADE

Kapitel 2
Wütende Geister

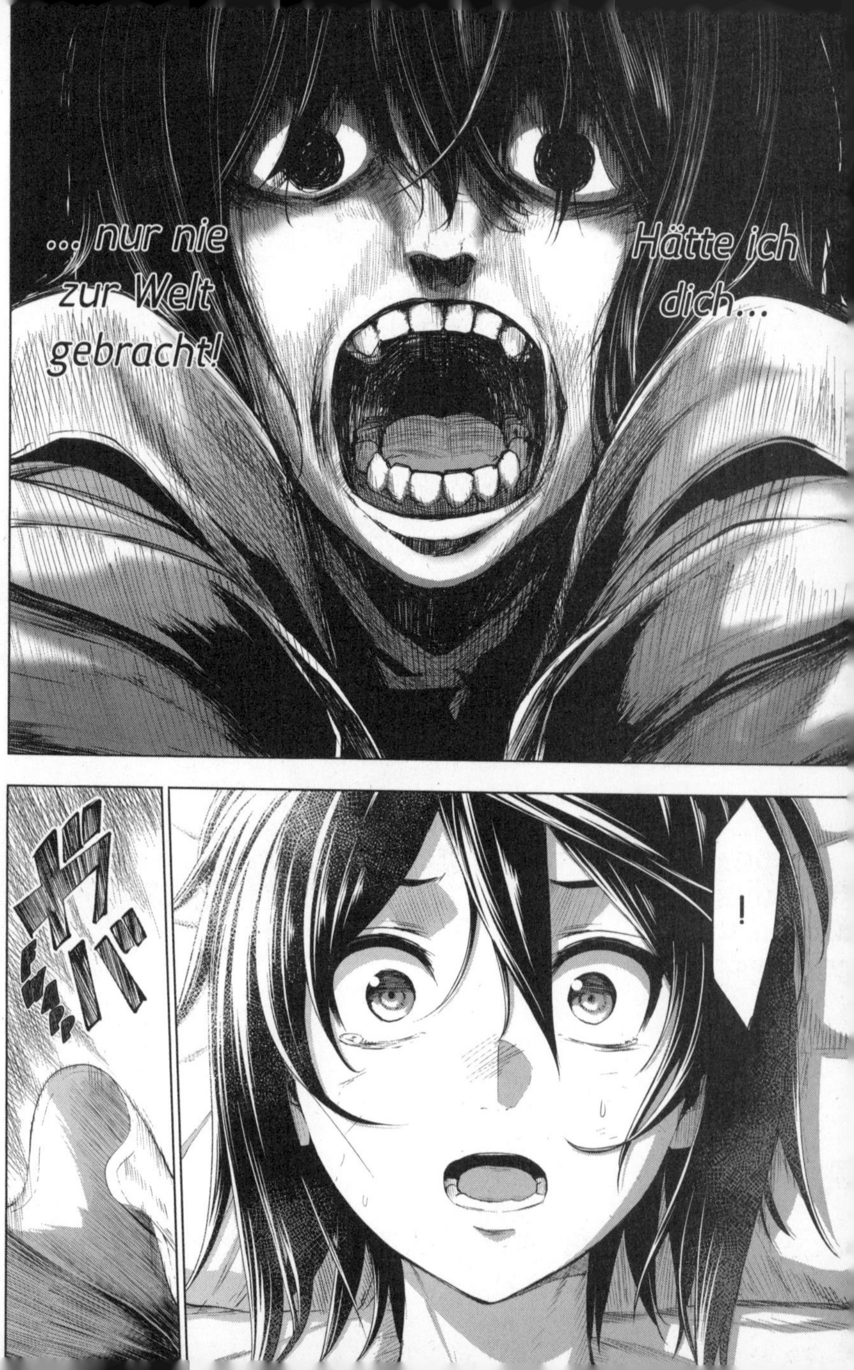
Hätte ich dich...
... nur nie zur Welt gebracht!
!

Itsuki
Geist, der sich an Takami
gebunden hat. Suizid
durch Erhängen.

Aber das...
war kein
Traum.

Hä?

Du bist allein?

T... Tut mir leid, Onkel Takashi.

Ich hab verschlafen.

Ich mach mich sofort auf den Weg.

Dann wirst du mich für alle Unannehmlichkeiten entschädigen.

Mach endlich dein Abi und such dir 'nen Job.

Du bist nur ein lästiges Stück Gepäck, das hier abgeladen wurde.

Als hättest du eine Wahl.

Das werde ich!

Ich kann dich nicht hören!

Werde ich...

Na...

Musste
das sein?!

Ich hab
'nen Blick
riskiert,
der hat die
ganze Nacht
gezockt.

Das
ist dein
Onkel?

Dir
doch
auch!

Der
ist mir
echt auf
den Zeiger
gegangen.

Eigentlich
wurde er
meinet-
wegen so
verbittert.

Nein.

Onkel
Takashi
wurde erst
wegen
meiner
Mutter...

Ist
halt
so.

Und
dann traut
er sich, dich
so anzu-
motzen!

Also hat sie statt-dessen ...

... sich selbst zerstört.

Aha.

Ordentlicher Stimmungs-killer, was?

Das ist also der Trigger, der uns zwei ver-bunden hat.

Ich hab mir nur gedacht ...

Ich kann hier kaum groß reden, ich hab mich selbst erhängt.

Du fischst damit ja nicht nach Mitleid.

Nö!

...

Ich werd dich nur aus angemessener Entfernung stalken. ♪

Deine Privatsphäre gehört dir!

So aufdringlich bin ich schon nicht!

Uff.

Wie soll ich da je zur Ruhe kommen...

So gar nicht? Auch nicht im Bad oder auf der Toilette?!

Hier sind noch einmal alle Informationen, die wir gegenwärtig haben.

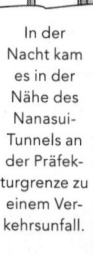

In der Nacht kam es in der Nähe des Nanasui-Tunnels an der Präfekturgrenze zu einem Verkehrsunfall.

bei Autounfall gestorben

Die drei verst...

Deweiteren wurde in unmittelbarer Nähe des Unfallortes eine Oberschülerin entdeckt, bei der es zu einem Herzstillstand gekommen war.

Die Straße musste für eine Weile gesperrt werden.

Die Einsatzkräfte konnten nur noch seinen Tod sowie den seiner Mitfahrerin, einer Oberschülerin, feststellen.

Der Fahrer, Yoji Mitake, prallte mit hoher Geschwindigkeit gegen die Tunneleinfahrt, woraufhin sein PKW in Flammen aufging.

Kana

Mina Saito (16)

Yoji

...erinnen bei Autounfall ges

ZONY

in Flat

Drei Tote bei Autounfall, eine Person v

Die drei hat's also...

...erwischt.

Sie wurde in das nächste Krankenhaus gebracht, wo nur ihr Tod festgestellt werden konnte.

Eine weitere Oberschülerin, vermutlich eine Freundin der Opfer, konnte lebendig geborgen werden.

Die Polizei wird sie nach ihrer Genesung zu dem Vorfall befragen.

Allgemeines Krankenhaus
Himeoji

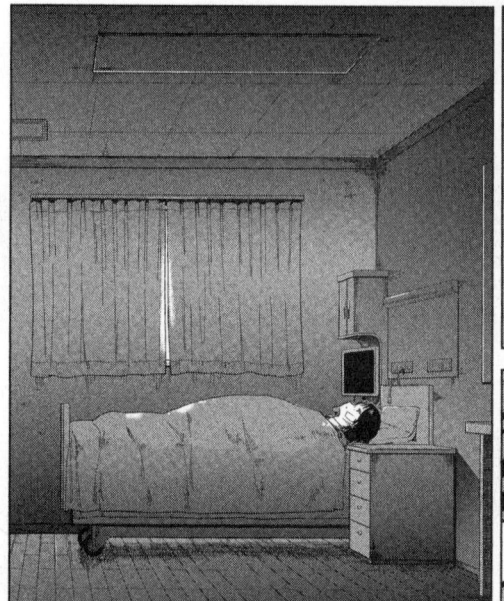

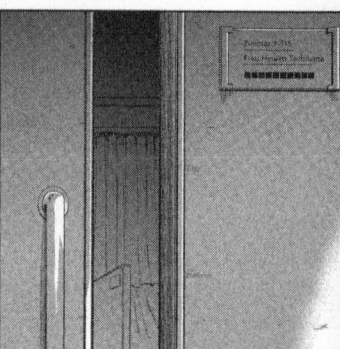

Dann habe ich über-lebt...

Ein Krankenhaus?

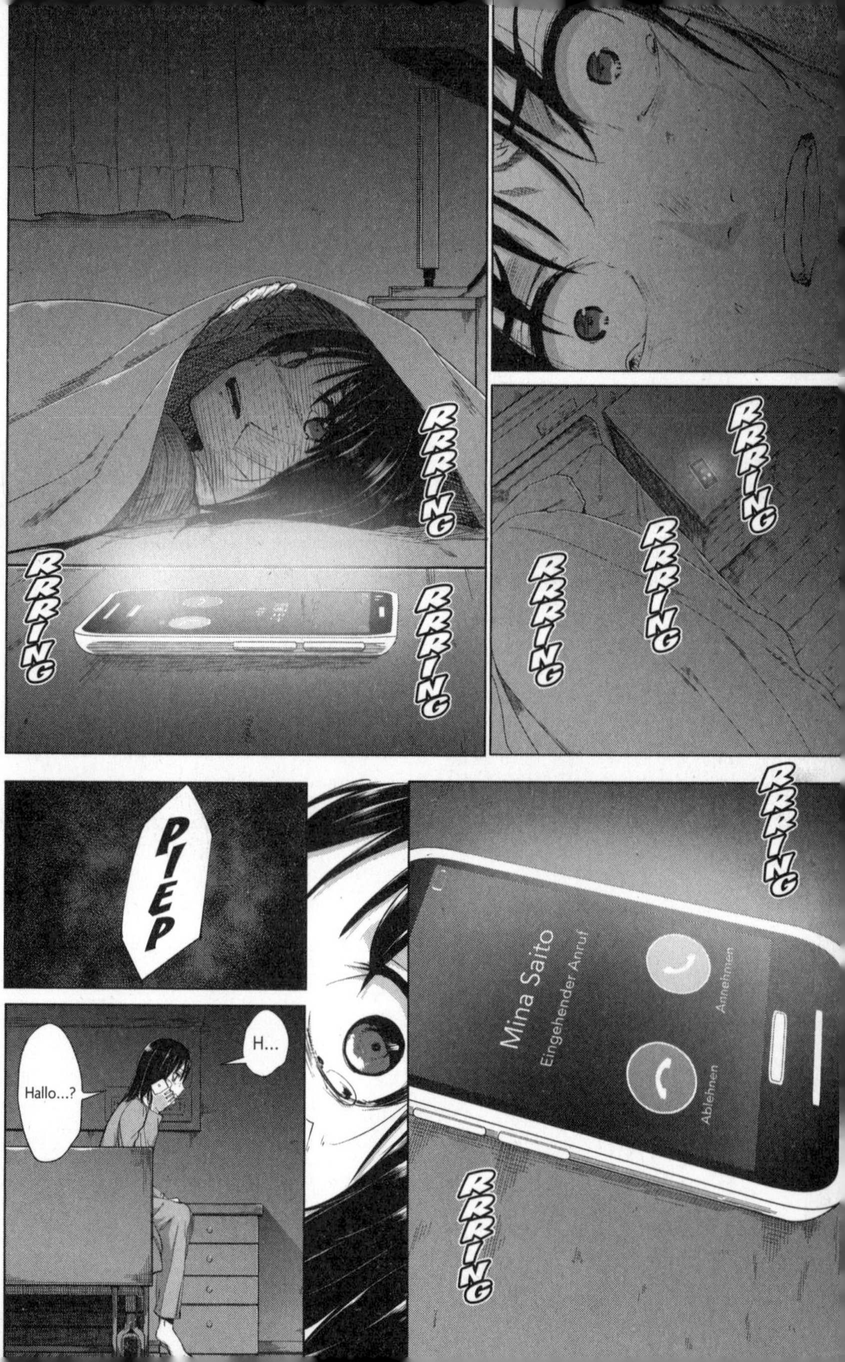

RRRING

RRRING

RRRING

RRRING

RRRING

RRRING

RRRING

PIEP

H...

Hallo...?

Mina Saito
Eingehender Anruf

Ablehnen

Annehmen

RRRING

Mina! Bin ich froh, es geht dir gut!

... Ja...

Was ist mit Taka-mi... ... und den anderen?!

Wie geht es ihnen?!

Mina Jo... Anruf

Hinako?

Du bist es, ja?

Gerne! Ich bin aber im Krankenhaus.

Hast du Empfang? Es rauscht voll...

Ich hör dich nicht!

Können wir... uns... sehen...?

KRRSCH

SCHHHH

Beim Aufzug, ja? Bin gleich da!

KLACK

Ja... Warte beim Aufzug... Beeil dich...

Du bist im selben Krankenhaus wie ich?

Ich auch... Im selben...

Was ist mit deiner Stimme los? Bist du verletzt?

Ja... Hals verbrannt.

... Glück ... Ja... Ich hatte...

Es geht dir wirklich gut, was für ein Glück!

Ich will über so viel reden.

Lass uns...

... hoch?

Nein, gar nicht.

PLING

Klingt furchtbar, was?

Wir müssen weg, Mina!

... brennt es!

Woher...? Oh nein, vielleicht ...

Es riecht nach Rauch.

Machen wir das doch morgen.

Es ist voll spät und dein Hals braucht sicher Ruhe.

SNFF

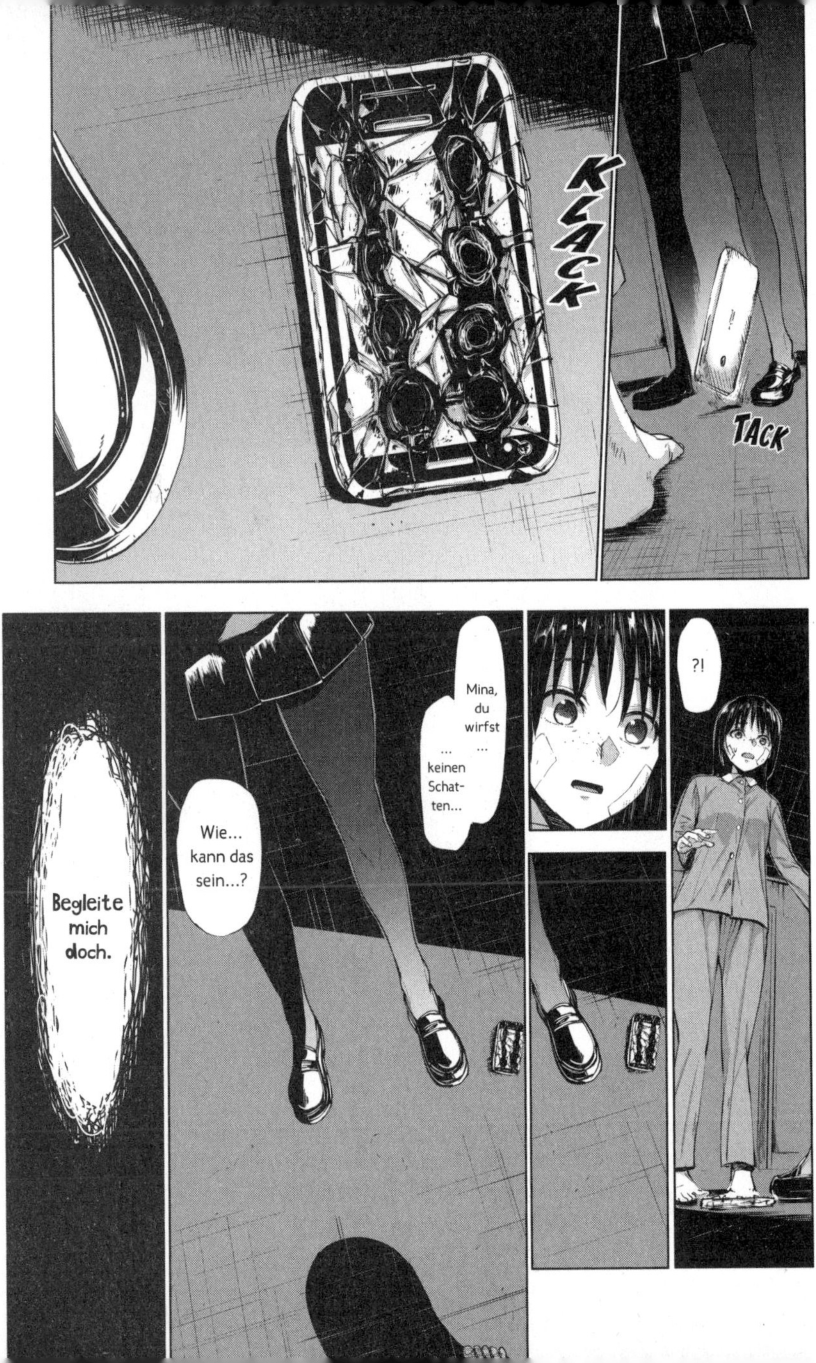

KLACK

TACK

Begleite mich doch.

Wie... kann das sein...?

Mina, du wirfst ... ... keinen Schat- ten...

?!

DONTSCH

WAMM

Hngnah?!

Neiiiiin!

Hey?!

Was ist dein Proble...

TAPP
TAPP

SCHADDER

!

Weg ist sie.

TAPP
TAPP
TAPP

DING

9

KRK

KRK KRK
KRK KRK
SCH
WUUU
Hiek!
DOMM
E...Es tut mir lei...
Vergib mi...
DOMM

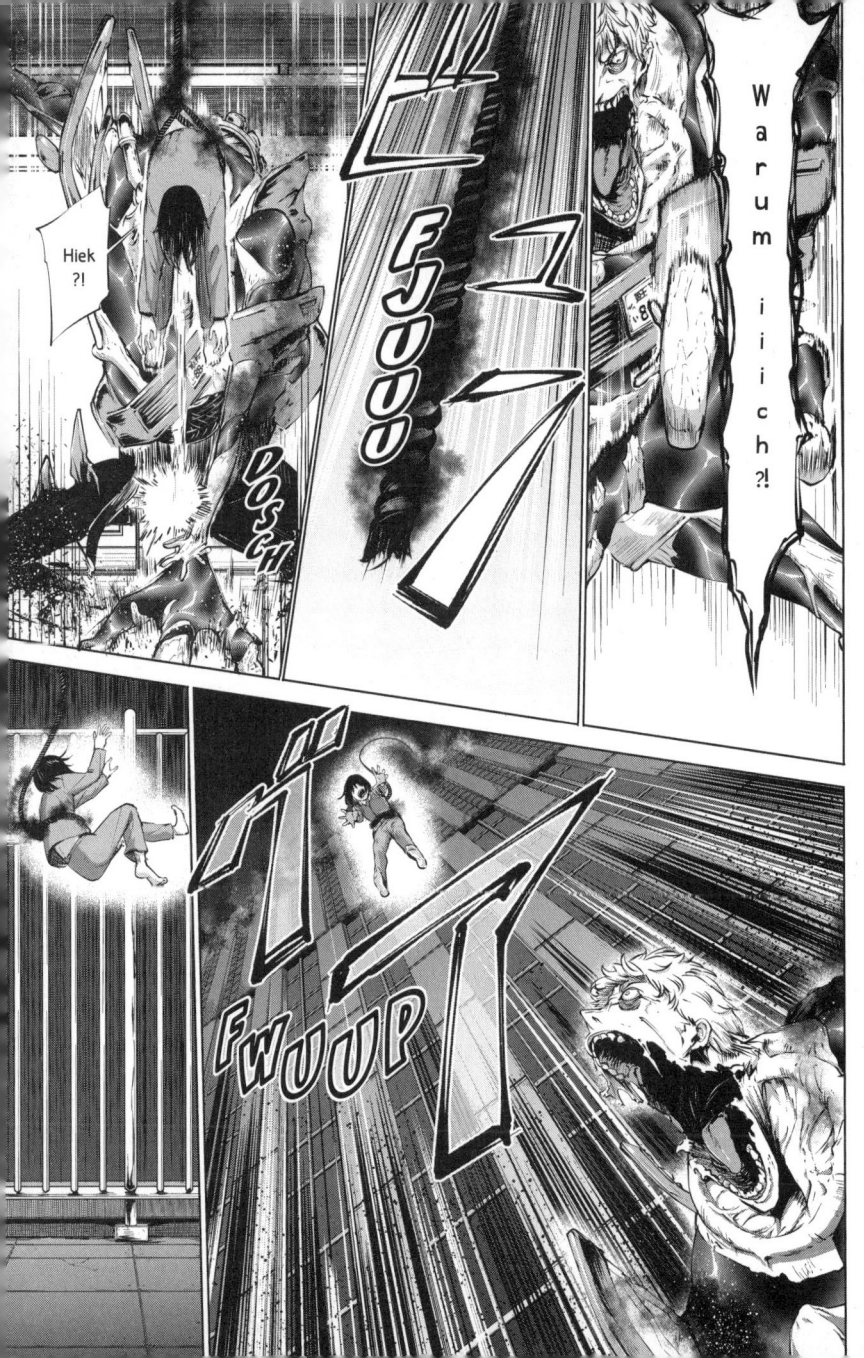

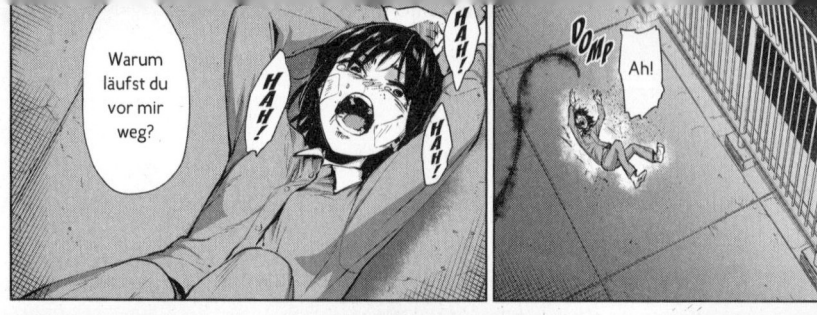

Warum läufst du vor mir weg?

OOMP

Ah!

Dass ich dich verraten und geschubst habe!

Bitte hass mich nicht!

Vergib mir!

Es tut mir alles so leid!

Ich will nicht sterben! Ich will nicht sterben!

Bitte zerr mich nicht hinab in die Hölle mit dir!

Lass mich am Leben!

Ich will dir doch nur he...

Ist ja schon gut!

Ist ja gut...

Mach endlich die Biege! Such dir 'nen belebten Ort!

Verschone miiich...

Ja, das schon, aber...

Hattest du nicht 'ne ganze Rede vorbereitet?

Ist das okay für dich?

Außerdem...

BRZ

SWP

In der jetzigen Lage wäre das wenig sinnvoll.

Ich habe sie ja zuerst ausgenutzt und verraten.

Brenne!
Brenneeee!
Ich fackel
dich ab!

DOSCH

ZACK

FJUU FJUU

GRP

TOCK
TOCK

Das
ist doch
klar.

Ver-
stehe.

Yoji...
War das
Minas
Freund?
Der mit
dem
Auto?

Wir
können
nur eines
tun.

Und?

Was
jetzt?

HOPP

SCHWUUIL

Ah...
A...
Ahh...

ZSCHHH

ZSCHHH

... deinen Frieden.

Aber finde jetzt erst mal...

Du kannst ruhig sauer auf mich sein.

Du hattest sicher Angst, aber es ist alles gut.

Das Feuer wurde gelöscht, hier bist du in Sicherheit.

Also hat sie mich gebeten, sie dir zu bringen.

Sie wollte dich sehen, aber die Polizei lässt niemanden zu dir.

Die hat ein Mädchen am Nachmittag vorbeigebracht.

Ach, die Blumen?

Lag ich falsch?

Ich dachte mir, die hübschen Blumen könnten dich aufmuntern.

t mir leit

DEMONS
NIGHT
PARADE

Der Albtraum war dann auch ziemlich schnell vorüber.

TOCK

TOCK

Ihre Familie ist nach ihrer Entlassung in die Heimatstadt ihres Vaters gezogen.

Hinako ist nicht mehr zur Schule gekommen.

Hab ich gehört.

... doch wir sind so auf der gleichen Wellenlänge, dass sie wieder zu Sinnen kam und mich gerettet hat.

Das ist Itsuki, ein Geist.

Wah!

Als wär alles nicht schlimm genug, musste ich auch noch zweimal gegen Geister kämpfen.

Die Frage ist...

Sie hat sich erhängt und hängt jetzt an mir. Zuerst hatte sie es auch auf mich abgesehen...

FLAP

... ob ich Itsuki den Rest meines Lebens an der Back haben werde.

Kapitel 3
Zerfall

... wie in Hanni und Nanni.

Ich fühl mich...

Und ja, ein Zweig gehört zur Mission, aber nicht die ganze Schule.

Himeoji.

Wie war der Name? Hime-irgendwas?

Ist das eine Missions-schule?

Ich hab schon ein paar Mäd-chen mit Kreuzan-hängern gesehen.

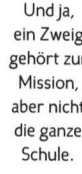

Wer 'nen schwarzen Kragen hat wie ich, gehört zum säkularen Global-Zweig.

Siehst du die mit den weißen Krägen? Die gehören zum christlichen Old-Mission-Zweig.

Egal. Ich würd gern etwas ausprobieren.

Gechilltes Miteinander sieht anders aus.

Die kultivierten Fräulein und der leistungsorientierte Pöbel sind nicht gerade dicke.

Wie weit kannst du von mir weg, bevor's kritisch wird?

Was sagt dir dein Bauchgefühl?

Genau.

Ich will nicht, dass uns unser Unwissen mal in den Hintern beißt.

Wie weit ich mich von dir entfernen kann?

?

Oh! Wie die Antenne bei 'nem Klapphandy!

Klapphandy...

Okidokiii!

Dann mach ich mich mal auf Forschungsreise! ♪

Ehrlich gesagt geht's mir drum, dass ich nicht irgendwann den Verstand verliere. Der Mensch braucht Zeit für sich.

Ich mein, dir wär doch auch langweilig, wenn du 24/7 an mir klebst.

Itsuki kann sich so weit von mir entfernen, wie sie will.

Wir haben Folgendes herausgefunden:

Melonen-brötchen

Wenn wir uns auf das Band konzentrieren, erkennen wir sogar, wo sich die andere ungefähr befindet.

Wo bist du?

12:36

Gelesen

Vor der Crêpe-Bude! Ich will eineen! ♪♪♥♥

12:36

Nur, je weiter wir voneinander entfernt sind, desto schwächer werden Itsukis Kräfte...

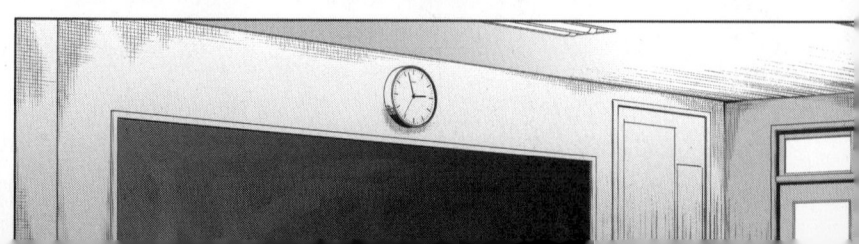

Eine männlich, zwei weiblich.

Am Unfallort wurden drei Leichen gefunden.

Der Vorfall wurde schließlich als Unfall zu den Akten gelegt.

Eine der Frauen war nicht in den Unfall verwickelt und starb an einem Herzinfarkt.

Itsuki vermutet, dass sie dem Geisterschwarm zum Opfer gefallen ist.

Verbeugen!

Ich habe nur ausgesagt, dass ich zu einer Mutprobe gezwungen worden und notgedrungen zu Fuß heimgegangen war.

Wegen Hinakos Zeugenaussage und meinen Haaren im Unfallauto kam die Polizei auch zu mir.

... wird nach wie vor vermisst.

Eine Schülerin, die an dem Abend mit dabei war...

Ah!

Was
hast du
gezeich-
net?

Vor drei Tagen wurden alle in die Sporthalle gerufen.

Wir wurden über den Vorfall informiert und sollten den Opfern gedenken.

Vor zwei Tagen wurden Schülerinnen unserer Schule in einen tragischen Unfall verwickelt und an Gottes Seite gerufen.

Viele von euch haben es wohl schon in den Nachrichten gesehen oder gehört.

Warum ignoriert ihr mich alle?!

Warum hört mir niemand zu?

Als Schüleri... der Obersch... ... Himeoji se... ...hr euch stet... ...Zurückhaltu... ...üben, egal... ...un an der Sc... ...oder außerhal...

... ...verl... dad... tragis... weise... kostb... Lebe... ...eine... ...hüleri... ...eiterhi... ...rmisst...

Gyah!

Sie ist vermutlich ein Wandergeist. Sie weiß nicht, dass sie tot ist, und so wandert ihre Seele verloren durch die Welt.

Ja, aber...

Ignorier sie. Wenn sie merkt, dass du sie ansiehst, wird sie sich in ihrer Verzweiflung auf dich stürzen.

DOMP

SST SST

?!

Du musst vorsichtig sein, sonst wird sie so wie der im Krankenhaus.

ZRSCH

Erhebt eure Herzen zum Herrn und betet für ihr Seelenheil, denn das vermögen wir zu tun.

Wohnheimsprecherin für den Old-Mission-Zweig
Shinka Kitamura

Spielt sich immer so auf.

Uff, die Heilige.

Lasst uns beten!

Shinka!

Shinka...

Zum Kotzen!

Gut, lasst uns beten.

Vater Furukido, würden Sie uns im Gebet leiten?

SWP

Bitte! Ich brauche Hilfe!

Genau.

Sonst bleibt sie wie ich im Diesseits hängen.

Sie muss es selbst begreifen und akzeptieren? Was anderes geht nicht?

Hat Shinka zu mir gesehen?

Und sorgt dabei in ihrem Umfeld gehörig für Unbehagen.

Im schlimmsten Fall wird sie an Menschen oder Orte gefesselt, kommt nicht mehr von ihnen fort und leidet auf ewig weiter.

Alles okay? Du hast ewig nur aus dem Fenster gestarrt.

Ta-ka-miii?

Kein Wunder, du musst ja den unerwarteten Verlust deiner Freundinnen verarbeiten.

Du fühlst dich sicher furchtbar allein.

Ja, du Ärmste!

Die da und Minas Clique konnten sich nicht leiden.

Oh, ja...

Du warst doch Minas Arsch vom Dienst.

Rate mal.

Was wir wollen?

Was wollt ihr von mir?

Nur mal so unter uns, sonst endest du ganz allein.

Werd Teil von unserer Clique. Wir wollen doch nicht, dass deine Hilfs-bereitschaft verküm-mert.

M... Mome...?!

Auf die Spielchen hab ich kei-nen Bock mehr.

Und trotzdem sind wir so lieb und kommen jetzt auf dich zu.

Mina hat sich zu sehr aufgespielt und bei vielen unbeliebt gemacht.

GRAP

Wir ent-scheiden, wann unser Gespräch vorbei ist!

Hey, warte!

Wir wissen Bescheid! Du warst auch am Unfallort!
Du hast sicher was angestellt, das du mit ins Grab nehmen willst!
Und wenn?
Nur so unter uns...
... ich bin verflucht.
Wenn ihr mir zu nahe kommt, wird euch ein schlimmes Schicksal ereilen.
Wa...
Verarsch uns nicht!

Aufhören!

Die verpetzt uns noch bei den Lehrern!

War...

Hä?

Was macht die olle Heilige hier?!

W...

Im Flur wird nicht gerannt!

Herrje...

W...Wartet auf miiich!

TAPP TAPP

Ich hoffe, ich hab mich nicht unliebsam eingemischt.

Ich habe euch auf dem Weg zum Lehrerzimmer zufällig gesehen...

Entschuldige.

Nein, im Gegenteil. Du hast mir echt aus der Patsche geholfen.

Ja, das stimmt.

Die Heimleiterin für das Wohnheim des Old-Mission-Zweigs?

Du bist Shinka Kitamura, richtig?

Tugendhaft?

... wo ich mein Herz nur einem tugendhaften Leben gewidmet habe, das im Einklang mit meiner religiösen Überzeugung steht.

Es ist schon etwas peinlich, dass mein Name und Ruf mir vorauseilen...

Eine Brandnarbe?

Wir sind immer noch Teil derselben Schulgemeinschaft.

Du hast sicher mit einigem zu kämpfen. Du kannst dich jederzeit an mich wenden, ich habe ein offenes Ohr für dich.

D... Danke...

N...

Nein! Gar nicht!

Ach, verzeih. Habe ich dich jetzt gar noch verschreckt?

Bis
bald...

... Takami
Azuma.

... kennt
sie meinen
Namen?

Wieso...

Bwahahaha! Was für 'ne steile Aktion! Mein voller Ernst!

... ich bin verflucht.«

»Nur so unter uns...

TODERNST

Äh...

Was meinst du, warum ich mich so angestrengt habe?!

※ Wir erinnern uns

Klappe! Nenn mich nicht edgy!

Ich werd nicht mehr!

Das war so herrlich edgy! Aua, mein Bauch!

Das war wirklich cool. Ich hab mich nicht mal einmischen müssen.

Lass es dir schmecken! ♪

Ist... das echt in Ordnung?

Der war nicht gerade billig und du musstest für mich zahlen.

Von diesem Erdbeer-Bouquet-Spezial-Crêpe hab ich geträumt!

Oh ja! Genau das ist es!

Als Dank dafür, dass du mir das Leben gerettet hast, ist so ein Crêpe ja nichts.

Taka-miiiii!

Empf...

2000 Yen*

Mach dir um den Preis keinen Kopf, Taschengeld krieg ich genug.

Ich! Will! Crêpes!

ZAPPEL STRAMPEL

Du hast doch rumge-quengelt wie ein Kleinkind, bis du einen gekriegt hast...

Ein fliegender Quälgeist...

*entspricht ca. 12 Euro

Mir war doch klar, dass ich nie wieder Crêpes essen könnte! Warum hab ich dann...

Ich hab gedacht, dass dieser Wunsch unerfüllt bleiben würde!

Ich hab Crêpes doch so sehr geliebt!

Buuhuuu...

Hamm.

Ich bin so dumm... Crêpes sind doch so lecker...

Warum... Warum hab ich nur beschlossen zu sterben...?

Wer weiß, vielleicht freut es sich ja so darüber?

Das Mädchen heult in den Crêpe...

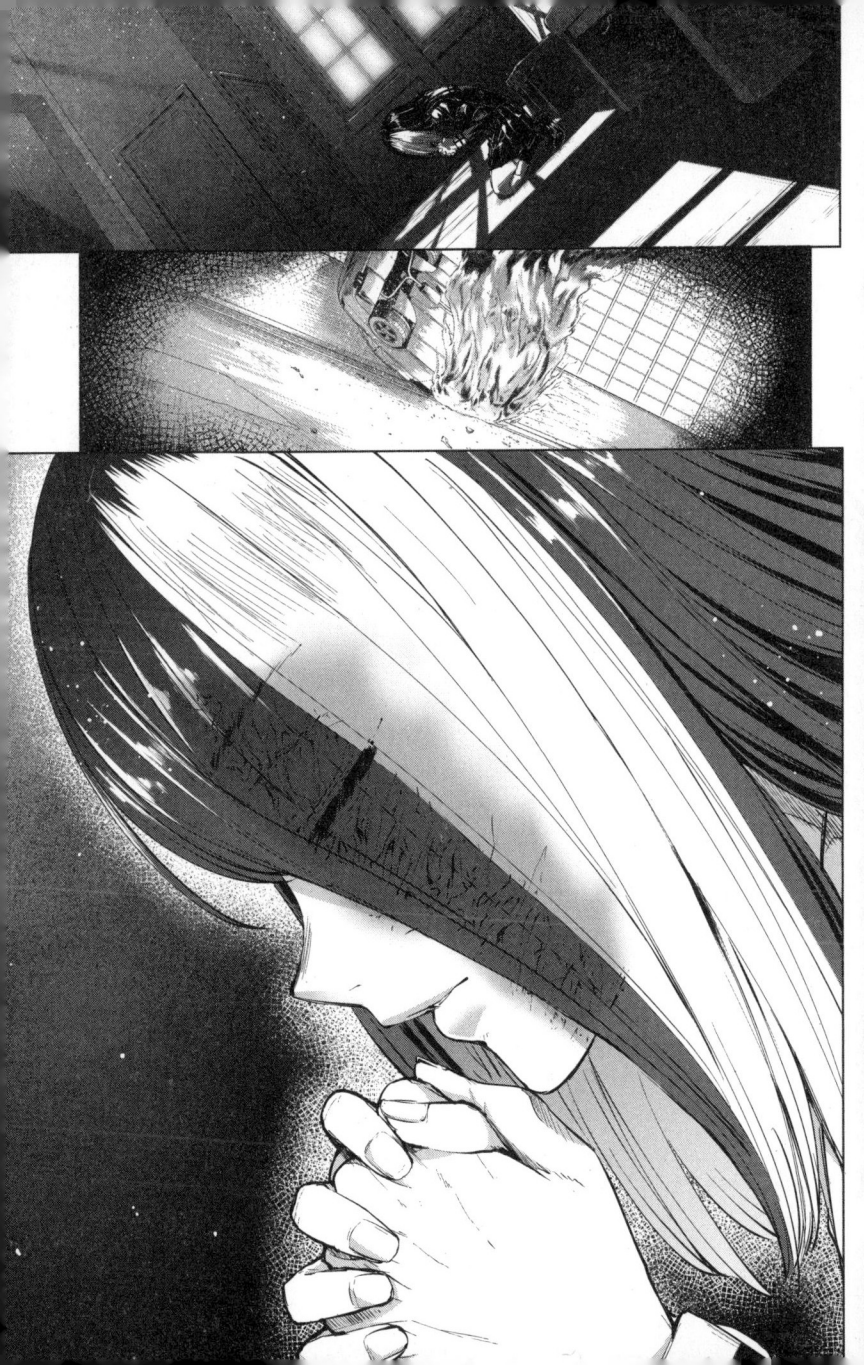

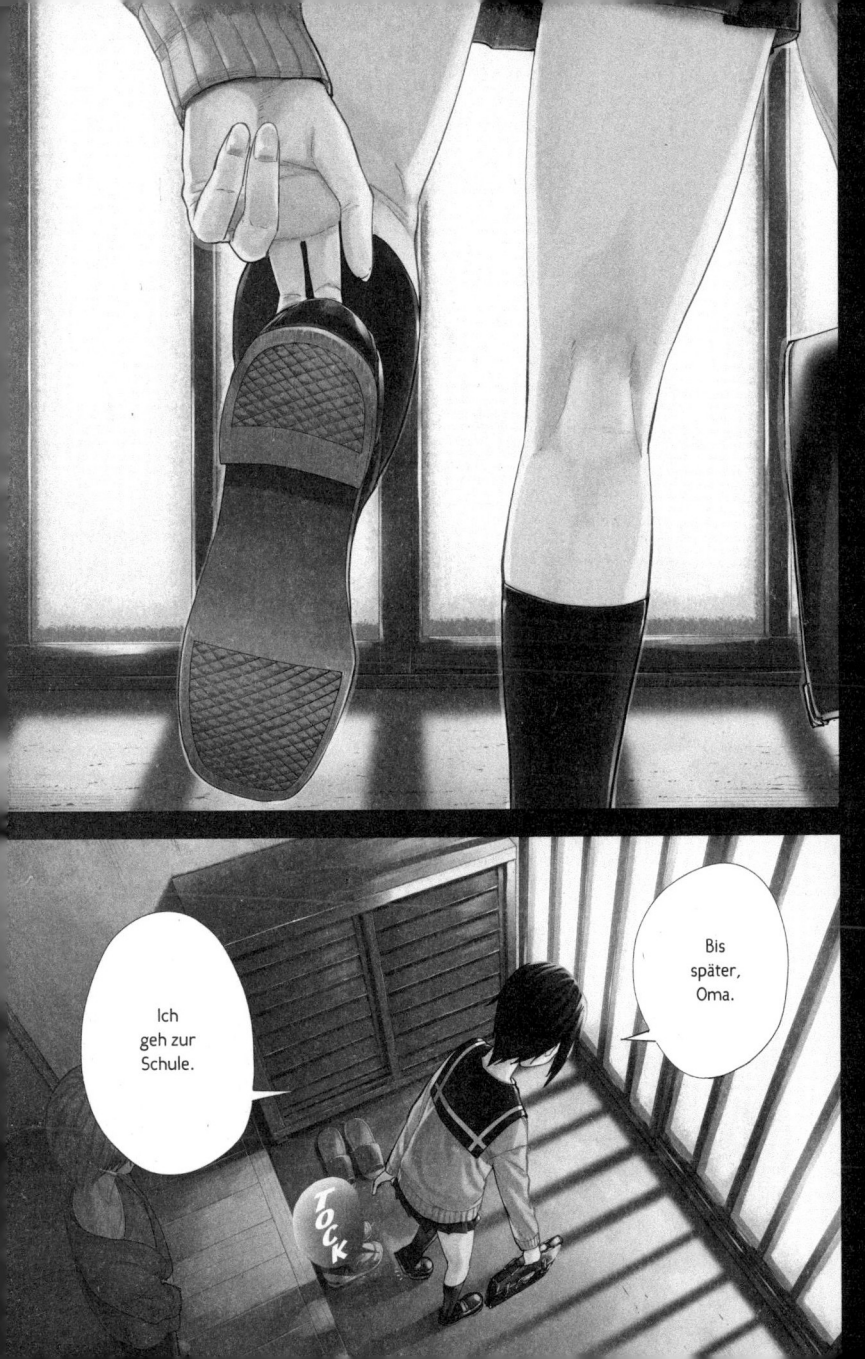

Kapitel 4
Sichtung

Hey.

Wen besucht ihr im Krankenhaus?

ぬ
SWFF

Meine Mutter.

Einmal im Monat statten wir ihr gemeinsam einen Besuch ab.

Sie ist nach wie vor geistig völlig abwesend.

Wir besuchen sie zwar, können aber nicht mit ihr reden.

... muss hart sein.

Das...

Das ist meine Strafe.

Es ist, wie es ist.

Ich hab so gestört, dass meine Mutter ihr Zuhause verloren...

... und sich zum Selbstschutz in sich zurückgezogen hat.

Wäre ich doch nur ein braves Kind gewesen.

Ich war so eine große Last, dass meine Mutter daran zerbrochen ist.

Darum muss ich jetzt umso braver sein.

...

Ich quengele nie... Bloß nicht aus der Reihe tanzen, ist mein Motto.

Ich falle nicht negativ auf.

Ich höre auf meine Großeltern.

... und die macht mich etwas befangen...

Ich habe halt die Brandnarbe...

Achje.

Jetzt habe ich dich schon wieder bedrängt.

Dürfte ich heute nach dem Unterricht etwas von deiner Zeit haben?

?

... weil ich unbedingt mit dir reden wollte.

Ich habe auf dich gewartet...

Ja!

Ähm ...

Brauchst du etwas von mir?

190

Kennst du die alte Kapelle...

... die im Inneren des Rosengartens steht?

DING DONG

DING DONG

Ich will mit dir über etwas Vertrauliches reden...

... darum wäre ich lieber nicht auf dem Präsentierteller.

DING DONG

Tut mir leid, dich aufgehalten zu haben.

Wir sehen uns später.

Sollte sie Lust haben...

Ach ja.

Quatsch, das war nur Zufall...

Das muss doch heißen, dass sie mich sehen konnte, oder?

War es hundertpro nicht.

Ich mein, der Blick und der bedeutungsvolle Satz?

...

Also, sie ist in der zwölften Klasse des Old-Mission-Zweigs und auch deren Heimsprecherin.

Wie ist die so drauf?

Wie ist diese, wie hieß sie noch, Shinka?

Dachte ich mir. Die anderen haben sie »die Heilige« genannt.

Eine fromme Musterschülerin.

Aber um solche Sachen geht's mir nicht.

Ich will
wissen...

... woher
sie das
Keloid
hat.

Die
Brand-
narbe.

Kelo
...?

Sie konnte
als Einzige
aus dem bren-
nenden Auto
geborgen
werden.

Ihre
Familie
geriet auf
dem Weg
zur Messe
in einen
Verkehrs-
unfall.

Mina
und so
haben ge-
tratscht.

Anschei-
nend hatte
Shinka in der
Grundschule
mal einen
Unfall an
Heiligabend.

Daher
muss die
Brandnarbe
stammen.

Sie hat
sich auf-
gerappelt
und arbeitet
darauf hin,
Nonne zu
werden.

Danach
dürfte sie
in eine
Depression
gerutscht
sein...

Sie dürfte
sich auch
schon öf-
fentlich dazu
bekannt
haben.

... doch die
Lehre der
Kirche hat
sie daraus
befreit.

Solltest du so über anderer Leute Religion sprechen...?

Die ist ja voll eingenommen davon.

Vielleicht redet sie ja wegen... religiösen Gründen so komisch?

Kannst du sie nicht leiden, Itsuki?

Darüber kann ich noch nix sagen.

Wir haben sie gerade erst kennengelernt und ich hab keine Ahnung, wer sie ist.

Geht's darum, dass sie dich sehen kann?

Das ist auch nicht der springende Punkt, Takami.

Keine Ahnung, ob das alles stimmt, aber selten sind die definitiv nicht.

Oberschülerin A sieht Geister.

Sonderbericht: Psi-Fähigkeiten!

Ich habe einen sechsten Sinn!

Leute mit Psi-Fähigkeiten oder die die Sicht besitzen.

Da gibt's doch viele, auf die das zutrifft.

Sie zeigt zitternd auf die Mauerecke.

Mist...

Redet die mit sich selbst?

Wenn sie's nur spielt, kannst du ja so tun, als wär sie dir megapeinlich und die Sache ist gegessen.

... mich aber wirklich gesehen haben...

Sollte sie...

... fände ich ihren unbekümmerten Gesichtsausdruck...
... schon krass unnatürlich.
Oh...
Aber du wirst dich...
... so oder so mit ihr treffen, oder?
Ja, rauszögern bringt nichts. Shinka wirkt nicht wie jemand, der leicht aufgibt.
KWIII
True.

Ich werd währenddessen in der Nähe herumschwirren.

Dann passe ich.

Okay.

Ruf sofort nach mir, wenn was ist.

Wow

RASCHEL

War das der Pater der Schule?

Sei gegrüßt, mein Kind.

Shinka wartet bereits in der Kapelle auf dich.

Ah!

Öh...

G... Guten Tag.

ZRT

Macht euch eine nette Zeit.

Ich leere nur 'ne Flasche Orangenlimo über ihrem Zeug aus.
Das checkt niemand.
Ich find, das wirkt voll wie Absicht, haha.
Die macht immer so auf lieb Kind, die hat da sicher nichts Spannendes drin.
Und wenn ihre Schulbücher plötzlich alle nach Limo riechen…
Tja, dann ist das natürlich ein Jammer. ♪
TSCHK
Hihihihihi.
KWII
Hm? Warum geht der so schwer auf?
Stimmt!
Vielleicht ist er mega vollgestopft?
KWIIIIII
Gnnnnnnnh!
WAMM

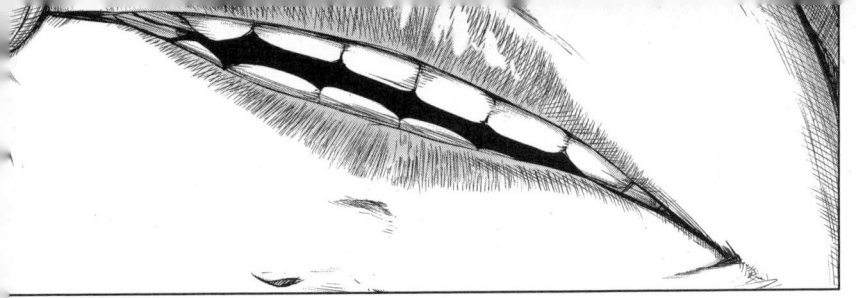

BWA HA HA

TAPP

ゴッ

ゴッ

TAPP TAPP

Hiiiiii-
iieeeek
?!

Ihr habt
den Schlüs-
selbund
vergessen!

War's eine
gute Ent-
scheidung,
Takami allein
zu lassen?

W...

Wovon redest du...?

Ich habe es bei der Trauerfeier bemerkt.

Du hast ihre verzweifelten Hilferufe vernommen...

... deine Augen vor Schreck geweitet.

Den herumirrenden Wandergeist hätte niemand sehen können, doch du hast ihn...

... die ganze Zeit mit deinen Blicken verfolgt...

... und die arme Seele bemitleidet.

Darum hast du also...

... bewusst alle Blicke auf dich gezogen.

GLK

... und hätte der Geist dann erkannt, dass ihn jemand sehen kann...

Wäre in ihnen die Sicht erwacht...

... dass sie schließlich etwas hätten bemerken können.

Unter den Schülerinnen waren ein paar so feinfühlig ...

... hätte er sich an sie gebunden...

Itsuki?!

Sobi?!

Demons Night Parade 1 - Ende

DEMONS
NIGHT
PARADE

Takami
Azuma

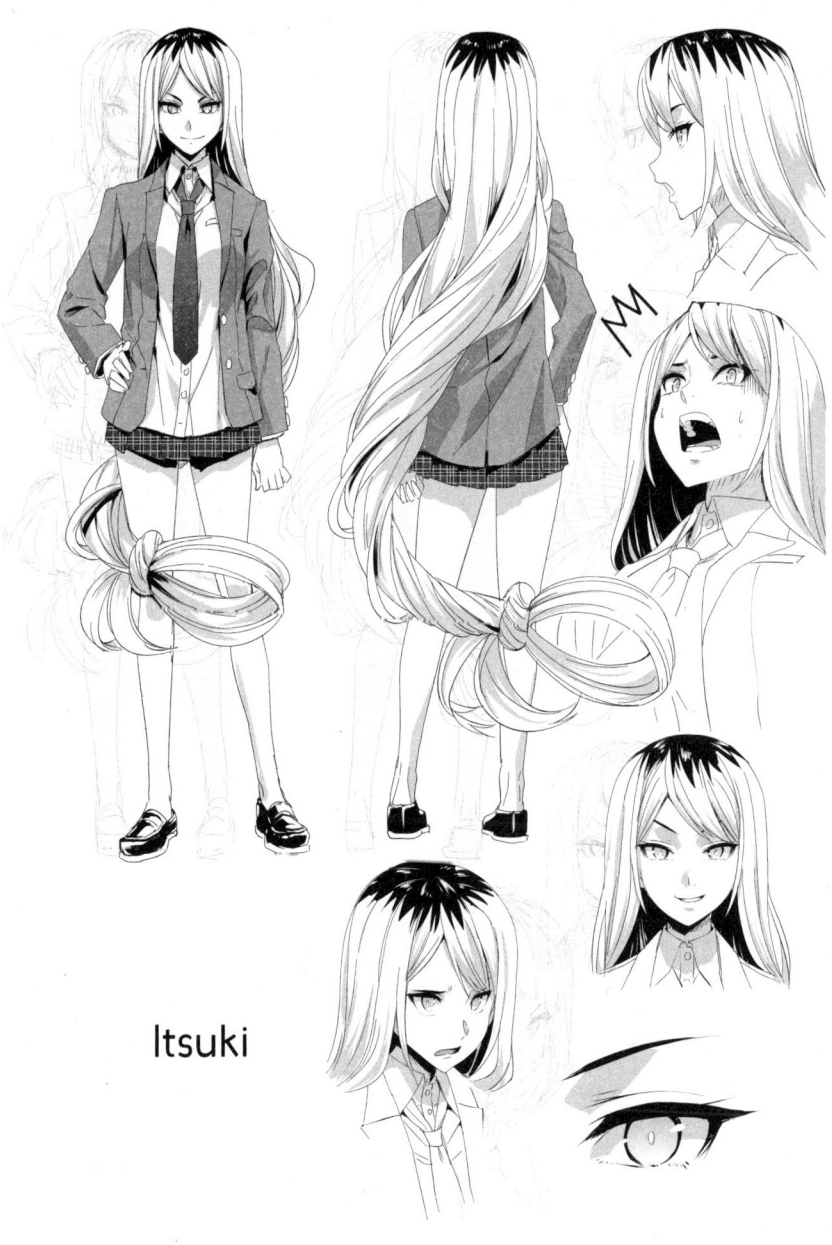

Itsuki

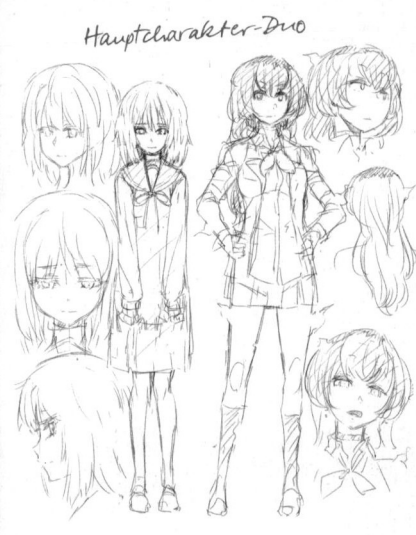

Hauptcharakter-Duo

Guten Tag, allerseits. Hier ist Kei Miyakozuki, aus meiner Feder stammt die Story von »Demons Night Parade«. Normalerweise bin ich eher im Fantasy-Genre zu Hause, aber diesmal wollte ich mich selbst herausfordern und habe mich für einen Buddy-Manga mit viel Horror und Action entschieden, der in der Gegenwart spielt. Eines aber ist wie immer: Es wird etwas düster und ziemlich emotional. (gequältes Lachen)

Schmerz. Trauer. Hoffnungslosigkeit. Das sind negative Gefühle, mit denen wir alle unerwartet konfrontiert werden können. Wir dürfen die Augen aber nicht vor ihnen verschließen, sondern müssen entschlossen versuchen, sie zu überwinden. Manchmal gehört dazu auch, uns mit dem Negativen zu arrangieren. Das möchte ich gerne durch Itsuki und Takami darstellen.

Nackte Haut + Seil
Skizze + Fanservice

Hauptcharakter-Duo 2

Hatte mir überlegt, dass ihre Haare und ein Teil ihrer Kleidung während eines Kampfes geisterähnliche Züge annehmen

Wenn die Lebenden und Toten interagieren, kommt allerlei ans Licht – das Schöne wie das Schreckliche. Ich hoffe, dass euch diese abenteuerliche Kombination gefallen hat. Es werden noch viele weitere seltsame Gestalten auftauchen, freut euch darauf. Also dann, wir sehen uns bei der nächsten Parade wieder!

Kei Miyakozuki

DEMONS
NIGHT
PARADE

die mit dem Feuer spielen Vorschau

Sobi!

von Shinka und Sobi

Das Band jener,

Bren-
ne!

Bren-
nen
soll
alles!

Bis
nichts
übrig
ist...

...
außer
einem
Haufen
Asche!

Der
brandneue
Band 2!

Ab Januar 2025 im
Handel erhältlich!

Die Geschichte

INUJUN / SAHO TENAMACHI

Someday I'll Fall Asleep

EIN WETTLAUF MIT DEM TOD!

Hotaru Morino ist schon lange heimlich in ihren Klassenkameraden Ren Otaka verliebt. Während eines Schulausflugs gerät ihr Bus in einen Unfall. Als Hotaru aufwacht, steht ein in Schwarz gekleideter Mann vor ihr. Es ist der Seelenführer Kuro, der ihr offenbart, dass sie tot ist. Außerdem erfährt Hotaru von ihm, dass sie nicht in Frieden werde ruhen können, wenn sie nicht innerhalb von 49 Tagen drei Versäumnisse behebt, die sie noch an die Welt binden. Eines davon ist, Ren ihre geheimen Gefühle zu gestehen…

Liebevoll gezeichnetes Mystery-Szenario, das als Real-TV-Serie verfilmt wurde!

Mystery • ab 14 Jahren
Paperback • schwarz-weiß/farbig
ca. 242 Seiten • 12,5 x 18 cm

HAYABUSA
www.hayabusa-manga.de

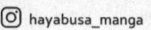 hayabusa_manga   HayabusaTweets

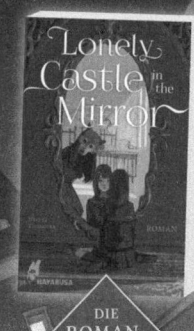

 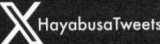

EINEN MOMENT!

DEMONS NIGHT PARADE

ist ein japanischer Manga, der originalgetreu von »hinten« nach »vorne« und von rechts nach links gelesen wird! Schlagt das Buch also »hinten« auf und blättert Seite für Seite nach »vorne« weiter! Auch die Bilder und Sprechblasen werden von rechts oben nach links unten gelesen, wie es in der Grafik gezeigt wird! HAYABUSA wünscht gute Unterhaltung!

HAYABUSA

2024 Carlsen Verlag GmbH · Völckersstraße 14–20 · 22765 Hamburg
Aus dem Japanischen von Christina Rinnerthaler
Hyakki Yakai -Kizuato Chigiru Otometachi- vol.1
©2022 Kei Miyakozuki, Shinsen Ifuji/SQUARE ENIX CO., LTD.
First published in Japan in 2022 by SQUARE ENIX CO., LTD.
German translation rights arranged with SQUARE ENIX CO., LTD. and
Carlsen Verlag GmbH through Tuttle-Mori Agency, Inc.
Original Cover Design: Tomomi Tsuji / Banana Grove Studio
Covergestaltung: Sonnenfisch Production – Laura Bartels
Redaktion: Julia Liebetraut
Herstellung: Maria Niemann
Alle deutschen Rechte vorbehalten.
Wir behalten uns die Nutzung unserer Inhalte für Text und Data Mining
im Sinne von § 44b UrhG ausdrücklich vor.
ISBN: 978-3-551-62476-5

FOLLOW THE GHOST FALCON
www.hayabusa-manga.de
www.carlsen.de
hayabusa_manga
carlsen_hotpot

MIX
Papier | Fördert
gute Waldnutzung
FSC® C083411
www.fsc.org

Unser Versprechen für mehr Nachhaltigkeit
- Klimaneutrales Produkt
- Papiere aus nachhaltigen und kontrollierten Quellen
- Hergestellt in Europa